Arena-LiLaLeseratz
Band 2001



*Die Taschenbücher*
*der Arena-Reihen*
ERSTLESEBUCH
*und*
LiLaLeseratz
*wollen vor allem*
*den Spaß am Lesen fördern,*
*indem sie lesepädagogische*
*Gesichtspunkte berücksichtigen.*

Achim Bröger

# Pizza und Oskar

Mit Bildern von
Gisela Kalow

Arena

CIP-Kurztitelaufnahme der Deutschen Bibliothek

**Bröger, Achim:**
Pizza und Oskar / Achim Bröger. – Orig.-Ausg.,
2. Aufl., 16.–23. Tsd. – Würzburg: Arena, 1982.
(Arena-Taschenbuch; Bd. 2001: Arena-
LiLaLeseratz)
ISBN 3-401-02001-3
NE: GT

LiLaLeseratz
2. Auflage 1982 als Originalausgabe im
Arena-Taschenbuchprogramm
16. – 23. Tausend

Herausgeber: Peter Conrady und
Herbert Ossowski
Reihengestaltung: Manfred Limmroth
Umschlag und Illustrationen von
Gisela Kalow
Gesamtherstellung: Richterdruck Würzburg
ISSN 0518-4002
ISBN 3-401-02001-3

# INHALT

# Wie sich Pizza und Oskar getroffen haben

„He, du", sagte das Mädchen. „Warum guckst du mich so an?"
„He, du", sagte der kleine Elefant. „Ich guck dich an, weil ich nicht weiß, warum du noch hier bist. Du gehörst nach Hause. Der Zoo ist für heute zu Ende. Wir haben sechs Uhr. Feierabend."
„Hab aber noch keine Lust, nach Hause zu gehen."
„Gar keine?" fragte der Elefant. Das Mädchen nickte. „Dann bleibst du eben noch", sagte er.
Die beiden standen voreinander
im Elefantenhaus. Das Mädchen
auf der einen Seite des Grabens.
Der Elefant auf der anderen Seite.

„Bist'n komischer Elefant", wunderte sich das Mädchen. „Kannst sprechen."
„Klar kann ich das", sagte er und lächelte etwas. „Den ganzen Tag stehe ich hier und höre zu, was die Leute reden und reden und reden und reden. Warum ist der grau? So'n kleiner Elefant. Sieht der niedlich aus. Den möcht ich haben. Papa, ist das ein indischer oder ein afrikanischer Elefant?. . . Alle reden. Ich hab es auch versucht. Heimlich. Abends

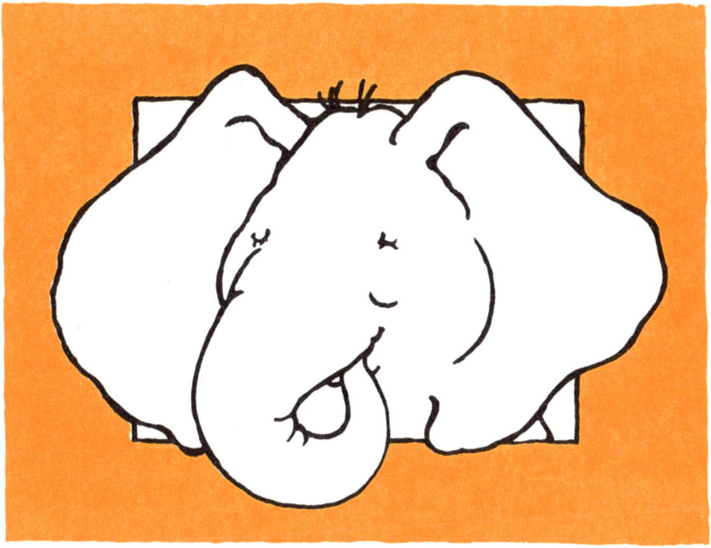

zwischen sechs und sieben Uhr. Nach dem Dienst. Da ist meine Sprechstunde. Tja . . . und jetzt kann ich's eben."

„Ach, so hast du's gelernt", staunte das Mädchen. „Aber erzähl mal, was bist du? Ein afrikanischer oder ein indischer Elefant?"

„Ein afrikanischer. Erkennt man vor allem an den riesigen Wackelohren. Und auch sonst bin ich größer als die indische Verwandtschaft."

„Wirklich, ganz afrikanisch?"
fragte das Mädchen.

„Völlig", antwortete der Elefant und nickte stolz. „Von hinten bis vorne." Plötzlich hörten sie Schritte. Blitzschnell verschwand das Mädchen hinter der großen Tür des Elefantenhauses. Die Tür wurde geöffnet. „Alles in Ordnung?" fragte eine Stimme. Der Elefant stand nur da. Antwortete kein Wort. Dann wurde die Tür geschlossen. Sie waren wieder allein.

„Das war ein Tierwärter", sagte der Elefant. „Netter Mann. Kommt immer und fragt: Alles in Ordnung? Der wird sich wundern, wenn ich zum ersten Mal antworte. Soll eine Geburtstagsüberraschung für ihn werden. Aber sag mal, was hast du jetzt vor? Willst ja noch nicht nach Hause."

„Vielleicht . . . was Aufregendes erleben. Bestimmt sogar. Ist oft langweilig zu Hause und in der Schule, zum ganz laut Gähnen. Und außerdem such ich einen Freund."

„Einen Freund suchen und was Aufregendes erleben", sagte der Elefant. „Das möcht ich auch."

Einen Augenblick war's ruhig im Elefantenhaus. Dann schlug das Mädchen vor: „Könnten wir ja eigentlich zusammen machen."
„Machen wir", trompetete er durch den Rüssel. „Aber was ist aufregend für dich?" wollte das Mädchen wissen.
„Afrika ist das Aufregendste. Überall reden sie hier davon. Die Löwen brüllen was von Afrika. Die Antilopen flüstern es, und wir trompeten es. Dort gibt es uns alle, dazu Steppen und schwarze Menschen. Und die Sonne ist viel sonniger und die Hitze viel hitziger. Hab ich oft gehört. Zäune stehen auch nicht soviel rum. Außerdem sind meine Eltern da geboren. Ich will nach Afrika, unbedingt!"
„Gut", sagte das Mädchen. „Gehen wir nach Afrika. Aber wo ist es denn? Kennst du dich aus?"
„Dort oder dort oder dort oder dort ist es." Der kleine Elefant zeigte mit seinem Rüssel in alle vier Himmelsrichtungen.
„Wir werden es finden. Bestimmt!"

„Glaube ich auch“, sagte das Mädchen.
„Wir können ja fragen, wie wir hinkommen.“
„Ganz meine Meinung“, sagte der Elefant. Ich glaube, wir beide verstehen uns, dachte er.
„Nur eines noch. Ich muß erstmal aus dem Zoo raus“, fiel ihm ein.
„Logisch, wenn wir nach Afrika wollen, müssen wir hier raus. Ich heiße übrigens Pizza. Weil ich ein bißchen rund bin und gerne Pizza esse. Und wie heißt du?“
„Da vorne stehts.“
„Oskar“, las das Mädchen von einem Schild ab. „Oskar, gehen wir?“ fragte sie.
„Machen wir“, sagte er.
Ob das mein Freund wird? überlegte Pizza.
Und Oskar überlegte:
Ob das meine Freundin wird?
Meine richtige, allerbeste Freundin?

## Wie Pizza und Oskar aus dem Zoo verschwunden sind

„Wie kommst du über den Graben zwischen uns?" fragte Pizza.
„Mit Anlauf", sagte Oskar. Dann nahm er Anlauf und sprang ab. Als er neben Pizza landete, dröhnte das ganze Elefantenhaus.
„Hab ich mir immer gedacht, daß ich darüber springen kann", sagte er. „Hab mich nur nicht getraut, es auszuprobieren."

„Jetzt geht's los", sagte Pizza. Und dann gingen Pizza und Oskar Hand in Rüssel aus dem Elefantenhaus.
Sie kamen an Tierkäfigen vorbei. Blumen blühten. Schmetterlinge waren an diesem Sommerabend auch unterwegs. Der kleine Elefant sah ihnen nach. „Fliegen möcht ich können", wünschte er sich.
Oskar wedelte mit seinen langen Ohren, als wären das riesige Schmetterlingsflügel.

„Nicht davonfliegen", sagte Pizza
und hielt ihn ganz fest.
Oskar stupste Pizza plötzlich. „Du", sagte er.
„Wie komm ich aus dem Zoo?"
Pizza überlegte kurz. Dann sagte sie: „Du tust
ganz unschuldig. Verstehst du, als wäre das
völlig normal, daß du rausgehst.
Außerdem verkleidest du dich."
Oskar nickte und ging noch zwei Schritte.
Jetzt fragte er: „Verkleiden ist klar.
Aber wie tut man unschuldig?

„Ist einfach. Mußt nur harmlos vor dich hingehen. Vielleicht dazu pfeifen." Sie machte es ihm vor. „Gut, ich werd's probieren", sagte der kleine Elefant. „Einfach vor mich hingehen und pfeifen." Dann rannte er los. „Moment", schrie er über seine Elefantenschulter. „Bin gleich wieder da." Er rannte und rannte und kam kurze Zeit später wieder zurückgerannt. „Verkleiden", schnaufte er. „Ich brauche doch was zum Verkleiden. Hätte ich beinahe vergessen." Im Rüssel schwenkte er eine Mütze. „Prima Verkleidungsmütze. Gehört eigentlich meinem Tierwächter. Hat er im Elefantenhaus hängenlassen."

Oskar setzte die Mütze auf und ging verkleidet weiter. Pizza ging neben ihm. Das Tor am Eingang des Zoos war verschlossen.

„Alles dicht", flüsterte Pizza. Der Mann im Kassenhäuschen sortierte irgendwas.

„Laß mich vorangehen", sagte Pizza. „Ich lenk ihn ab."

„Kann ich das nicht machen?" fragte Oskar.

„Ne, zum Ablenken muß man klein sein."
Pizza ging direkt auf den Mann im Kassenhäuschen zu. „Guten Abend", sagte sie. „Hab mich mit meinem Freund verspätet. Schließen Sie bitte das Tor nochmal auf und lassen uns raus."
„Mach ich", sagte der Mann und ließ Pizza raus. „Aber wo ist dein Freund?" fragte er hinter Pizza her. „Kommt gleich."
Da kam Oskar, der kleine, mit Mütze verkleidete Elefant. Pfiff vor sich hin. Tat ganz harmlos und unschuldig. Stieß das Tor mit dem Rüssel auf und sagte: „N'Abend."
Schon ging er am Kassenhäuschen vorbei.
„N'Abend", sagte auch der Mann im Kassenhäuschen, ohne richtig hochzusehen.
„Und das nächste Mal geht ihr früher aus dem Zoo."
„Machen wir", sagte der Elefant und lief schneller.
„He", rief Pizza. Sie wartete an der Straßenbahnhaltestelle auf ihn.
„Wir sind draußen", freute sie sich.

„Und was machen wir jetzt?"
„Afrika suchen. Ist doch klar", sagte Oskar.
„Mit der Straßenbahn können wir nicht hinfahren", meinte Pizza. „Bist zu groß dafür."
„Gehen wir eben zu Fuß", schlug Oskar vor.
Endlich sagt mal jemand zu mir, daß ich zu groß für etwas bin, freute sich der kleine Elefant heimlich.
„In welche Richtung müssen wir?" wollte er wissen.
„Hier runter, immer geradeaus."
„Kommen wir so nach Afrika?"
„Ne, erstmal zu mir nach Hause. Ich möchte noch schnell Bescheid sagen. Die wissen gar nicht, daß ich so weit weg will."
Sie gingen nebeneinander auf dem Fußweg die Straße hinunter. Pizza und Oskar. Unterwegs kaufte sich Pizza Lakritze. Der Elefant probierte davon. Dann riß er sich einige Blätter von einem Baum. „Nasch ich lieber", sagte er.
Wenn mal Leute entgegenkamen, ging der Elefant pfeifend an ihnen vorbei. Tat ganz harmlos und unschuldig. Außerdem war er mit

Mütze verkleidet. Deswegen wunderte sich wohl auch erstmal niemand über die beiden. „Da oben wohne ich", sagte Pizza. „Warte hier." Oskar legte sich vor dem Wohnblock auf eine freie Parklücke zwischen zwei Autos. Paßte prima da hin.
„Afrika", sagte er leise. „Afrika, Afrika. Wir gehen nach Afrika", freute er sich.

Bevor er sich zehnmal gefreut hatte, war Pizza schon wieder zurück.
„Alles klar", sagte sie. „Sie haben ferngesehen, meine zwei Brüder, zwei Schwestern und die Eltern. Ich habe erzählt, daß ich nach Afrika gehe. Psst, haben sie alle ganz laut gemacht. Nicht so laut. Man kann ja nix vom Film verstehen. Da habe ich leiser gesagt: Mama, nach Afrika geh ich. Das ist ein spannender Film, hat sie gesagt. Bleib nicht so lange. Und ich nehm meinen Elefanten mit, hab ich ihr noch erzählt. Gut, mach das, hat sie gesagt."
„Dann können wir ja endlich gehen", sagte Oskar. Und dann gingen sie endlich.

# Wie Pizza und Oskar Afrika gesucht haben

Sie waren die Bodestraße links runtergegangen, rechts in die Amselallee hinein. Dann am Bäckerladen vorbei über den Fürst-Pückler-Platz. Immer weiter, schon eine Viertelstunde lang. Da blieb der kleine Elefant mit einem Ruck stehen.

„Ist es noch weit bis Afrika?" wollte er wissen.

„Ich glaub schon", sagte Pizza. „Bestimmt müssen wir aus der Stadt raus."

„So weit? Mir tun jetzt schon die Füße weh. Ich muß mich ausruhen."

Oskar fand auch gleich wieder eine passende Parklücke. Gemütlich legte er sich zurecht. Dann drückte er ein Auge zu.

„Warum nur eines?" fragte Pizza.

„Ein Auge bleibt zu, das andere offen. Danach wechsle ich ab. So schlafen beide Seiten ein bißchen."
Pizza kuschelte sich an ihren kleinen Elefanten. Schön gemütlich war's. „Aber leg dich nicht auf mich. Sonst bin ich Pizzamus", kicherte sie.
Sie lagen kaum fünf Minuten. Da wunderten sich schon einige Leute über den Elefanten und das Mädchen in der Parklücke. Außerdem hupte es. Ein Autofahrer wartete und schimpfte.
„Weg hier. Das ist kein Parkplatz für Elefanten."
Gräßlich laut hupte er. Oskar erhob sich langsam und fragte Pizza: „Soll ich mich auf diesen Blechkäfer setzen? Dann stört er uns nicht mehr so."
„Lieber nicht", meinte Pizza.
„Oder soll ich mich in den Blechkäfer setzen und uns nach Afrika fahren? Klappt bestimmt. Hupen kann ich ja schon." Er trompetete den wütenden Fahrer mit seinem Rüssel an.
„Siehst du, wie ich hupen kann.

Dann kann ich auch fahren."
Der Fahrer regte sich immer mehr auf.
War ein richtiger Wutnickel und schimpfte:
„Verschwindet! Verschwindet! Aber schnell!"
„Darf ich mich nicht doch draufsetzen?
Wenigstens ein bißchen?" bettelte Oskar.
Er war jetzt gar nicht mehr müde. Aber Pizza
zog ihn schon am Rüssel hinter sich her.
„Mir ist was eingefallen", sagte sie.
„Mir auch. Kullere nicht so schnell",
stöhnte Oskar.
„Wieso kullern?"
„Ist doch klar. Pizza ist rund.
Pizza rennt nicht. Pizza kullert.
Aber was ist dir eingefallen?"
„Wir rennen nicht nach Afrika. Wir fahren
auch nicht mit dem Auto. Wir reisen
mit der Eisenbahn. Da passen wir
bestimmt rein. Du und ich."
„Wir beide. Machen wir", sagte Oskar.
Der Hauptbahnhof war ganz in der Nähe.
Schon gingen sie über den Vorplatz.
Pizza und Oskar.

In der Bahnhofshalle guckten zwei Bahnhofspolizisten sehr mißtrauisch. „Die gucken, als wollten wir ihnen den Bahnhof unter den Füßen wegklauen", flüsterte Pizza. „Wollen wir gar nicht. Ehrlich nicht."
Angriff ist die beste Verteidigung, dachte Pizza. Sie ging zu den Bahnhofspolizisten und fragte: „Können Sie mir bitte sagen,

in welcher Richtung Afrika liegt?
Mein Elefant und ich wollen nämlich dahin."
„Hmmm, hmmm", brummte Oskar. Jetzt hab ich wie'n Bär gebrummt, dachte er. Bestimmt verwirrt das die Bahnhofspolizisten.
„Afrika", sagte der eine Mann. „Immer nach Süden, also dahin", erklärte er und zeigte in eine Richtung.

„Danke", sagte Pizza.
Und auch Oskar sagte: „Danke."
„Ein höfliches Mädchen", freute sich der eine Bahnhofspolizist. „Und ein besonders höflicher Elefant", freute sich der andere. „Nur komisch, daß er brummt wie'n Bär. Aber er ist wahrscheinlich doch ein Elefant.
So wie er rumläuft . . . mit Rüssel."
„Glaub ich auch", sagte der andere.
Einige Reisende guckten. Sie überlegten, was das Mädchen und der Elefant hier zu suchen hätten. „Da weiß ich, was ich tue", sagte Oskar.
Er setzte seine Mütze zurecht. Tat ganz unschuldig. Pfiff dazu ein Lied und lief harmlos herum. Dann brummte er sehr schön.
Jetzt sahen die Leute weg. Guckt harmlos und brummt schön, dachten sie. Dann ist er bestimmt auch harmlos.
Pizza und Oskar standen nebeneinander vor dem Fahrplan. Sie suchten Afrika den ganzen Fahrplan rauf und runter. „Wuppertal", las Pizza. „Castrop-Rauxel", las Oskar.
Und Müden an der Wümme fanden sie auch.

Aber nirgends Afrika.
„Dabei weiß ich genau . . . Afrika gibt's",
sagte Oskar.
„Bestimmt. Alle erzählen davon."
„Ob die Abfahrtszeiten für Afrika ganz geheim
auf der Rückseite vom Fahrplan stehen?"
überlegte Pizza.
„Gleich mal nachsehen", meinte Oskar. Ein
Stückchen hatte er den Plan schon abgerissen.
Er wollte ja die Rückseite sehen.
„Laß das", sagte Pizza. „Du fällst auch
überall auf."
„Mist", schimpfte Oskar beleidigt.
„Nix darf man hier."
Da nahm ihn Pizza am Rüssel. „Komm, wir
finden Afrika schon noch", beruhigte sie ihn.
„Aber zu Fuß geh ich nicht den ganzen Weg",
sagte Oskar.
„Mußt du auch nicht. Mir ist was eingefallen."
„Na gut", meinte Oskar. Da gingen der kleine
Elefant und das Mädchen aus dem Bahnhof.
Dazu brummte Oskar ein wenig
und sehr schön.

bfahrt
ICHTUNG
GLEIS
UPPFRTAL
2
N AN D.
ÜMME
1
AUXEL
3
OVE
1
Ank
ZEIT
6 01
6 43
7 19

## Warum Pizza und Oskar erstmal nicht mehr Afrika gesucht haben

„Ich schaff das nicht bis Afrika", stöhnte Oskar. „Vorher fall ich vor Hunger um."
„Nörgelst ja schon wieder", sagte Pizza. „Bist'n Nörgelfant."
Oskar ging sehr beleidigt weiter. Tat so, als würde er Pizza gar nicht kennen. Beruhigend sagte sie: „Hab ja genausoviel Hunger."
Und deswegen suchten sie zusammen eine Gaststätte.
Überall standen Häuser herum. Aber nirgends ein Haus mit Gaststätte drin. Jedenfalls fast nirgends, denn plötzlich sahen sie ein Schild.

| |
|---|
| GOLDENER OCHSE. FEINSTE SPEISEN UND GETRÄNKE. |

„Endlich!" rief Oskar. Er rannte und zog Pizza hinter sich her. „Hoffentlich gibt's da auch Elefantenportionen", fiel ihm ein.
„Hoffentlich lassen sie uns überhaupt hinein", fiel Pizza ein. Die Gaststätte sah nämlich vornehm aus. „Bestimmt ist man da nicht an einfache Elefanten gewöhnt", meinte Pizza.
„Ich tu wieder ganz harmlos unter meiner Verkleidungsmütze" sagte Oskar. „Pfeif ein bißchen. So fall ich sicher nicht auf.
Im Notfall brumm ich schön."
„Ob das reicht?" fragte Pizza. „Eine richtige vornehme Mütze auf dem Kopf wäre gut für dich. Und dazu eine Krawatte um den Hals.
Das wäre noch besser.
Jedenfalls für diese Gaststätte."
Aber weit und breit lagen hier keine vornehme Mütze und keine Krawatte herum.
„So dürfen wir bestimmt nicht rein",
seufzte Pizza.
„Dann verhungern wir eben", seufzte Oskar.
Er setzte sich neben Pizza, die sich neben die Eingangstür gesetzt hatte. Da saßen die beiden

sehr hungrig und seufzten miteinander.
Plötzlich kam eine vornehme Mütze die Straße hinunter. Dazu die passende Krawatte.
Kamen beide direkt auf Pizza und Oskar zu.
Mütze und Krawatte. Nur dumm,
daß unter der Mütze ein Mann steckte.
Und dem gehörte auch die Krawatte.
„Hallo, feiner Mann", sagte Pizza.
„Mein kleiner Elefant hat Hunger. Aber ohne Krawatte und feine Mütze dürfen wir sicher nicht in die Gaststätte."
„Stimmt wirklich", sagte Oskar leise.
„Höhö", machte der Mann.
„Elefanten tragen keine Krawatten."
„Meiner schon, wenn er Hunger hat", sagte Pizza. Sie sah den Mann so freundlich an wie sie konnte. Oskar auch.
„Würden Sie Ihre Mütze und die Krawatte hergeben, wenn Sie eine Wette verlieren?" fragte Pizza.
„Verliere keine Wette . . . Wette nämlich nie. Oder nur, wenn ich ganz sicher bin, daß ich gewinne. Und deswegen verliere ich nie."

„Also . . . ich wette, daß Ihnen mein Elefant ein Lied vorsingen kann."
„Höhö . . . kann er nicht", lachte der Mann.
„Wetten!"
„Um die Mütze und die Krawatte", sagte Pizza.
Im nächsten Augenblick legte Oskar den Kopf etwas zurück und den Rüssel zur Seite. Und jetzt sang er: „Alle Vöglein sind schon da."
Die ganze erste Strophe und sehr schön. Am Schluß brummte er sogar noch und trompetete.
„Bravo", rief Pizza. Oskar verbeugte sich.

„Gewettet ist gewettet. Verloren ist verloren“, seufzte der Mann. Er gab Oskar die Mütze und die Krawatte. Eins setzte Oskar auf, das andere band er um. Pizza half ihm dabei.
Sie freute sich: „Ein feiner, kleiner Elefant mit Mütze und Krawatte.“
„Und mit Ersatzmütze“, sagte Oskar. Er hatte jetzt ja zwei Mützen. Deswegen trug er seine einfache Mütze unter der anderen.
„Vielen Dank auch“, sagte Oskar zu dem Mann. Der sagte sowas wie: „Grrr.“ Dann ging er.

# Warum Pizza und Oskar danach immer noch nicht Afrika gesucht haben

Pizza und Oskar gingen in die Gaststätte.
Sie war wirklich ziemlich vornehm.
Ziemlich leer war sie auch.
Oskar tat ganz unschuldig. Pfiff ein Lied.
Ging harmlos hinter Pizza auf einen Tisch zu und schwenkte freundlich den Rüssel. Der Wirt kam schon angerannt. Pizza sagte: „Ich möchte einen Platz für mich und mindestens drei Plätze für meinen Freund. Wir wollen essen."
Prima, dachte Oskar. Sie hat ‚Mein Freund' gesagt. Ich bin ihr Freund. Schön.
Der Wirt wollte eigentlich sagen:
Kommt nicht in Frage, mit Rüssel
in meinem Restaurant. Unmöglich.
Aber dann überlegte er es sich anders.

So ein Elefant futtert bestimmt viel, dachte er. Wird ein gutes Geschäft für mich. Er rieb die Hände und sagte: „Hier hab ich noch einen netten Platz. Drei Stühle für den Herrn mit Rüssel und einen für die Dame."
„Ich mag nur Pflanzen", flüsterte Oskar Pizza ins Ohr. Und sie bestellte: „Für meinen Freund eine Elefantenportion Salat. Und vier Eimer Wasser. Er hat Durst."
„Das Wasser mit Strohhalm oder ohne?" fragte der Wirt.
„Bitte ohne", antwortete Oskar ein wenig durch den Rüssel. Das sollte vornehmer klingen. Aber es klang vor allem nach Schnupfen. Pizza bestellte Pizza. Klar. Der Wirt verschwand. Breit setzte sich Oskar hin.
„Nimm den Rüssel vom Tisch. Das ist ein vornehmes Lokal", ermahnte Pizza. Oskar saß nun sehr gerade da. Seine Riesenplatte Salat wurde gebracht. Er aß sie und dann gleich noch eine. Dazu trank er vier Eimer Wasser. Pizza aß eine Pizza.

Danach kam der Wirt mit der Rechnung.
Wie das eben so ist.
Pizza kramte in ihrer Tasche. Achtmarkvierzig fand sie. Ihr ganzes gespartes Geld. „Können Sie haben“, sagte sie großzügig zum Wirt.
Aber der übersah das Geldhäufchen und verlangte: „Achtundvierzig Mark und fünfzig.“
„Hast du Geld dabei?“ fragte Pizza. Oskar tastete sich ab. Dann schüttelte er den Kopf.
„Können wir irgendwas für Sie arbeiten?“ fragte Pizza.
„Tellerwaschen“ schlug Oskar vor.
Erstmal schimpfte der Wirt.
Die beiden verstanden es kaum.
„Soeinefrechheit.
Essenundnichtbezahlen.
Wenndasjedertunwürde.“
Aber dann sagte er doch:
„Einverstanden.“
Gestern war ihm nämlich
der letzte Tellerwäscher weggelaufen.
Das ungewaschene Geschirr in der Küche
war zu Geschirrbergen gewachsen.

„Ich wasche ab, du trocknest ab",
schlug Pizza vor.
„Können wir probieren", meinte Oskar.
Mitten in die Küche setzte sich
der kleine Elefant. Das Geschirrtuch nahm er
zwischen die Vorderfüße. „Komisch. Sobald
noch ein Teller dazukommt, macht's ‚knack'",
beschwerte er sich. Und dann hatte sich
der Teller jedesmal in Scherben verwandelt.
Dreimal machte es ‚knack'. Da legte Oskar
das Geschirrtuch weg und jammerte:
„Bestimmt gibt's bessere Abwaschmethoden
für Elefanten als diese beknackte Methode."
Hin und her überlegte er. Ging dreimal
mit krauser Stirn um den Geschirrberg.
„Denkst du nach?" fragte Pizza.
„Hm", brummte Oskar. Dann war alles klar.
Er legte Geschirr in den Ausguß. „So", sagte
er. Jetzt nahm er einen kräftigen Schluck
Wasser. Den spritzte er mit dem Rüssel über
das Geschirr, bis es vor Sauberkeit glänzte.
„Bitte sehr. Original-Elefanten-sauber",
murmelte er.

„Toll", staunte Pizza und sah weiter zu.
Als nächstes pustete Oskar einen Strahl Luft über das Geschirr. „Alles tipptopp trocken", sagte er.
„Ein Elefant als Geschirrwäscher", freute sich der Wirt. „Prima, möchten Sie noch länger bei mir arbeiten? Jederzeit möglich."
„Geht leider nicht. Mein Freund und ich wollen nach Afrika. Aber vielleicht kommen wir auf dem Rückweg nochmal vorbei."
Zum Abschied wuschen sie auf dem Hof das Auto des Wirts. Oskar spritzte das Blech kräftig ab. „Sieben Strahl Wasser" sagte er.
„Danach kurz darübergepustet.
Alles sauber und trocken."
„Wir sollten gemeinsam eine Autowaschanlage eröffnen", schlug der Wirt vor. „Lassen Sie beim kleinen Elefanten waschen,
könnten wir darüberschreiben."
„Wie gesagt", erklärte Oskar vornehm durch den Rüssel. „Wir wollen nach Afrika."
„Für die Reise", sagte der Wirt. Er drückte Pizza zum Abschied ein Freßpaket in den Arm.

Gleich darauf standen die beiden vor der Tür.
„Satt bin ich“, sagte Pizza. „Was machen wir als nächstes?“
„Jetzt suchen wir aber wirklich Afrika. Wird Zeit.“
„Wo war's denn?“ fragte Pizza.
„Hier oder da?“
„Ich hab's wieder vergessen“, jammerte Oskar.
„Wir müssen nochmal nach Afrika fragen.“
Aber da kam niemand mehr. Die beiden standen mitten in der Dunkelheit und fanden Afrika nicht.
Der Mond war übrigens auch nicht zu sehen.

## Wie Pizza und Oskar Afrika gerochen haben

„Können wir nicht einfach
der Nase lang gehen?“ fragte Pizza.
„Hab keine. Geh dem Rüssel nach“, brummelte
Oskar. Und dann blieb er auf dem Gehsteig
stehen. Er überlegte:
„In Afrika ist es besonders schön.
Bestimmt riecht es dort auch besonders schön.
Vielleicht rieche ich Afrika bis hierher.“
Er streckte seinen Rüssel hoch in die Luft.
Roch nach links und rechts und vorne und
hinten. Dann zeigte er nach rechts. „Dort liegt
Afrika. Riecht sehr gut aus der Gegend.“
Also gingen sie in die Richtung.
Immer mehr roch es.
„Afrika, wir sind gleich bei dir“, sagte Oskar.

Sie kamen zu einer Bude. ‚Gebrannte Mandeln, Kräuterbonbons, frische Krapfen', stand daran. Dahinter gab es noch mehr Buden.
Einen ganzen Rummelplatz voll mit nasenbetäubendem Durcheinander-Geruch.
Der Budenbesitzer hatte Feierabend. Und mit ihm die gebrannten Mandeln, Kräuterbonbons und alles andere. Oskar fragte:
„Darf ich mal?"
Der Mann nickte freundlich, sagte: „Bitte sehr, Herr Elefant." Und Oskar nahm einen Rüssel gebrannter Mandeln.
Pizza bezahlte dreißig Pfennige.
„Hier ist nicht zufällig irgendwo Afrika?" fragte Oskar. „Wir wollen nämlich unbedingt hin, meine Freundin und ich." Schön, dachte Pizza. Er hat ‚Freundin' gesagt. Bin ich auch.

„Ne, hier ist nirgends Afrika", sagte der Mann. „Ich kenn mich in der Gegend aus."
„Aber wie kommen wir da hin, und zwar so schnell es geht?" fragte Pizza.
„Tja", sagte der Mann. „Versteh ich ja, daß ihr schnell und unbedingt hinwollt. Wenn ich was will, kann es mir auch nicht schnell genug gehen. Versteh ich gut. Also . . . immer nach Süden, Süden, Süden." Er zeigte in die Richtung. „Ihr geht, bis eure Füße ganz ganz müde geworden sind. Dann seid ihr an der Grenze. Da müßt ihr rüber. Danach kommt das große Wasser. Da müßt ihr durch. Und dahinter fängt Afrika an."
„Dankeschön", sagte Pizza. Und auch Oskar bedankte sich. Grüßte außerdem freundlich mit seiner Mütze.

Sie gingen los. „Alles zu Fuß", stöhnte Oskar. „Willst du nun nach Afrika oder nicht, hm, du Nörgelfant?"
„Schon gut, schon gut, will ja."
Es war kaum noch jemand in der dunklen Stadt unterwegs. Pizza hakte sich an Oskars Rüssel unter. So gingen der kleine, mit der Mütze verkleidete Elefant und das Mädchen immer weiter nach Süden.
Ohne Oskar hätte sich Pizza ziemlich allein gefühlt. Mit ihm fühlte sie sich sehr zu zweit. Und das ist viel besser als allein.
„Ich möcht auf dir reiten", wünschte sich Pizza. Oskar ging in die Knie. Sie kletterte auf seine Schulter und setzte sich zurecht. Von oben herab fragte Pizza später:
„Sind deine Füße schon ganz ganz müde?"
„Ne, noch nicht. Aber schon fast ganz."
„Dann sind wir auch schon fast an der Grenze und am großen Wasser", sagte Pizza. Und sie gingen durch die Dunkelheit. Pizza und Oskar.

Pizza auf dem großen Schaukelrücken von Oskar. Er schaukelte weiter und weiter nach Süden.
„Möchte auch mal von dir getragen werden", wünschte sich Oskar.
„Kann ich ja mal probieren", sagte Pizza und lachte. Der kleine Elefant kicherte mit. Er stellte sich vor: Pizza trägt Oskar.
Er soll nicht die ganze Zeit merken, daß er mich schleppt, dachte Pizza. Muß ihn davon ablenken. Sonst setzt er mich runter.
Deswegen flüsterte sie ihm was Schönes in seine großen Ohren. Erzählen ist nämlich besser als selber gehen, dachte sie. Und Afrika ist das Schönste für Oskar. Immer wieder erzählte sie ihm was von Afrika. Abwechselnd ins rechte und ins linke große Ohr. Und daß es mit Freund in der Dunkelheit und überhaupt immer viel viel besser ist, sagte sie ihm auch.
Oskars Füße waren jetzt schon ganz müde.
„Aber ganz ganz müde sind sie noch nicht ganz", sagte Oskar.

## Wie Pizza und Oskar endlich zum großen Wasser gekommen sind

Pizza war ein bißchen eingeschlafen, ein bißchen aufgewacht und wieder eingeschlafen.
Plötzlich blieb Oskar stehen und flüsterte:
„Aufwachen. Da ist irgendwas. Psst."
Kerzengerade setzte sich Pizza hin. Sie sah aber nur die Schatten einiger Büsche und Oskars Rücken unter sich. Es war stockdunkel.
Dicke Wolken verdeckten den Mond.
„Psst", flüsterte Oskar nochmal.
„Ich merke es schon die ganze Zeit.
Es kommt jemand hinter uns her."
Ganz ruhig standen sie.
Jetzt hörte es auch Pizza.
Ein Knistern, ein kleines Stöhnen.
„Da", sagte sie. „Bei den Büschen . . .
Nichts wie weg hier!"

Oskar lief los. Er warf seine Elefantenbeine, daß der Boden unter ihm zitterte.
Pizza hielt sich an seinen Ohren fest.
Sie rasten durch die dunkle Gegend.
Bergauf, bergab. Pizza auf Oskar.
Und dann bremste er. Blieb einfach stehen.
„Was ist denn?" fragte sie.
„Will nicht mehr. Ich renn und renn, nur weil's knistert und stöhnt. Vielleicht hat das Knistern und Stöhnen ja Angst vor uns."
Wieder standen sie ganz ruhig. Und wieder hörten sie es. Hinter ihnen war es. Da drehte sich der kleine Elefant um und trompetete in die Nacht. So laut er konnte und immer wieder.
Dann war es still. „Ich hab's ruhig trompetet", freute er sich.
Noch einen Schritt ging Oskar und noch einen.
„Meine Füße sind jetzt ganz ganz müde", sagte er. „Dann sind wir gleich an der Grenze", meinte Pizza. Da blieb Oskar stehen.
„Afrika", rief er in die Dunkelheit.
„Afrika!" trompetete er.
Pizza sprang von Oskars Rücken.

Sie spürte Gras unter ihren Füßen.
„Hier ist ein Zaun", sagte sie.
„Klar, ganz ganz müde Füße. Dann kommt die Grenze. Der Zaun ist die Grenze", stellte Oskar fest. „Wir müssen rüber." Sie horchten, ob sie noch verfolgt würden. Aber sie hörten nichts. Oskar hob Pizza über den Zaun. „Sei vorsichtig, damit du nicht ins große Wasser fällst", warnte er. Dann stieg er selber über den Zaun.
„Es riecht schon nach Wasser", sagte Oskar.
In dem Augenblick machte es laut ‚platsch'.
Sofort danach machte es leise ‚platsch.'
Das erste war Oskar, das zweite Pizza.
Da lagen die beiden im großen Wasser hinter der Grenze. „Jetzt schwimmen wir gleich nach Afrika", sagte Oskar. „Halt dich fest."
Schön warm war's. Und sehr schnell schwamm Oskar. Schon kamen sie drüben am anderen Ufer an. „Ein kleines großes Wasser", staunte er.

„Ganz egal, jetzt sind wir jedenfalls in Afrika", freute sich Pizza. Und Oskar freute sich mit ihr. „Afrika", sagte er. „Endlich. Sei mal leise, dann hören wir bestimmt Löwen brüllen."
Sehr sehr leise standen sie nebeneinander.
Pizza und Oskar. Aber Löwen brüllten nirgends.
„Klar, die schlafen", fiel Pizza ein.
„Und das machen wir jetzt auch", sagte Oskar.

## Wie Pizza und Oskar gemerkt haben, daß was schiefgegangen ist

Oskar kuschelte sich an einen Busch. Die Zweige schubberten an seiner dicken Haut. Pizza kuschelte sich an Oskar.
So lagen sie da und wollten einschlafen.
„Guck mal, der Mond kommt ein bißchen vor", sagte Pizza. Die dunklen Wolken zogen weg. Jetzt war der Mond ganz zu sehen.

Er gab Licht. Und das beschien
Pizzas und Oskars Afrika.
„So ein Mist. Mistmist", schimpfte Oskar.
„Ich könnte vor Wut ... ohhh", schimpfte
Pizza. Sie sahen, daß das große Wasser ...
ein großes Schwimmbecken war.
Die Grenze war der Zaun
um das Schwimmbad.
„Wir haben uns in ein Schwimmbad verirrt",
stöhnte Pizza.
„Kann man wohl sagen", stöhnte Oskar. Sie
starrten vor sich hin. Plötzlich trompetete
Oskar ein wenig. Das klang ganz lustig. Und
plötzlich lachte Pizza ein wenig. Klang auch
ganz lustig. Dann lachten sie zusammen.
„Sowas Doofes", sagte Pizza. „Wir sind in
einem Schwimmbad." Sie lachten und lachten.
„Und ich hab ganz ganz fest geglaubt, daß ich
in Afrika bin. Aber komisch war's schon,
so'n kleines großes Wasser", sagte er.
„Ich wollte es unbedingt glauben, daß wir
angekommen sind. Obwohl ich die Kacheln
am Rand gespürt hab", sagte Pizza.

„Na ja, dann suchen wir eben morgen weiter."
„Machen wir", sagte Oskar.
Ganz deutlich sahen sie
jetzt den Sprungturm.
„Traust du dich?" fragte Pizza.
Der kleine Elefant legte seine Mütze
und Krawatte neben sich. Er rannte
über die Wiese und kletterte auf den
Sprungturm. Rüssel voran hechtete er vom
Drei-Meter-Brett. „Sehr elegant",
sagte Pizza und sprang hinterher.
„Nicht zu toll springen", pustete sie.
„Sonst ist kein Wasser mehr im Becken."
Sie sprangen und schwammen und planschten,
bis sie keine Lust mehr hatten. Danach pustete
Oskar mit seinem Rüssel Pizza trocken und
warm. Sie zog sich wieder an. Der kleine Elefant
legte die Krawatte um und setzte die Mütze
auf. „Und jetzt schlafen wir", sagte Pizza.
„Hast recht", meinte Oskar. „Nur wenn wir
morgen ausgeschlafen haben, finden wir
Afrika." Sie legten sich ein zweites Mal
eng nebeneinander unter den Busch.

„Stell dir vor", erzählte Oskar, „ich könnte auf dem Sprungbrett sehr viel Schwung holen. Immer mehr und mehr. So viel, daß es ausreicht, zum Mond zu hüpfen. Du würdest mitkommen, auf meiner Schulter."

„Könnten wir machen. Aber du willst doch erstmal woanders hin. Weißt schon wohin."

„Afrika, ich weiß", sagte Oskar.

„Pssst, nicht erschrecken", hörten die beiden plötzlich eine dritte Stimme.

Pizza drückte sich an Oskar und fragte: „Wer ist denn das?"

„Ich bin's", antwortete die Stimme freundlich. „Das Kuscheltier. Ich verfolge euch schon vom Zoo aus. Bin noch völlig abgehetzt vom Hinterherrennen und Hinterherfliegen."

„Warum tust du's denn überhaupt?" fragte Pizza.

Das Kuscheltier stöhnte nochmal kurz vor Anstrengung. Dann flüsterte es: „Weil ich genau weiß, daß ihr Afrika nicht finden werdet. Und wenn ihr dann enttäuscht seid, komme ich. Ich tröste euch."

„Wie denn?" fragte der kleine Elefant.
„Ich erzähl euch Kuschelgeschichten."
Die beiden saßen nebeneinander. Pizza und Oskar. Sahen beide in den Busch. Aber da war nur ein Schatten. „Ihr könnt mich nicht richtig erkennen. Bin zur Hälfte ein Tier und zur Hälfte eine Idee", flüsterte das Kuscheltier. „Wenn ihr mich braucht, komme ich ganz und bin sichtbar. Aber nur dann. Sonst bin ich meistens als Idee unterwegs. Da kommt man schneller voran."

„Brauchen wir es zum Trösten?" fragte Oskar.
„Eigentlich . . . nee", sagte Pizza. „Wir haben ja uns. Und daß wir noch nicht in Afrika sind, macht fast nichts. Wir finden's noch."
„Suchen macht nämlich Spaß", sagte Oskar.
„Ist wie Ostern", meinte Pizza.
„Gut", sagte das Kuscheltier. „Bin froh, daß ihr mich heute nicht mehr haben wollt. Hinterherrennen und Hinterherfliegen macht nämlich müde. Aber ruft, wenn ihr mich braucht."
„Machen wir", sagte Oskar. Und dann war das sehr müde Kuscheltier verschwunden. Schnarchte nur noch ein wenig. Gleich darauf schnarchten auch Pizza und Oskar.

# Wie Pizza und Oskar wieder Afrika gesucht haben, aber nicht zu Fuß

„Oskar, aufwachen!“ rief Pizza am nächsten Morgen. „Wir wollen nach Afrika.“

„Nichts wie los“, sagte Oskar. Weit und breit war noch kein Bademeister zu sehen. Deswegen sprang der kleine Elefant wieder vom Dreier.

„Mein Morgensprung!“ rief er. Diesmal schwanzvoran. Natürlich ohne Mütze. Aber auch sehr elegant. Dann legte er sich auf dem Rücken ins Wasser. Pizza krabbelte auf seinen Bauch. „Bist wie ’ne Insel“, sagte sie. Und sie dachte: Er ist wirklich mein bester Freund.

Zum Frühstück naschte Oskar von den Blättern der Sträucher. Pizza aß aus dem Freßpaket, das ihr der Wirt mitgegeben hatte. Danach stiegen sie über den Zaun und liefen los. Pizza und Oskar. Liefen zwischen Feldern. Liefen unterm Himmel und unterm Vogelgezwitscher. Oskar trödelte allerdings ziemlich.
„Ich will nicht zu Fuß bis Afrika", sagte er. „Ist zu weit für zu Fuß."
„Fahren wir eben als Anhalter. Trau ich mich aber nur, weil ein starker, kleiner Beschützerelefant dabei ist", sagte Pizza.
Sie stellte sich an die große Straße unter einen Baum. Da gab es Schatten für beide und Blätter für Oskar.
Ein Auto kam. Zischte vorbei.
„Obwohl ich den Rüssel vorgehalten hab", war Oskar empört.
„Sie halten nicht, weil du sie anhalten willst", sagte Pizza. „Haben Angst um ihr Auto. Könntest ihnen ja 'ne Falte ins Blech setzen."
Erstmal war Oskar beleidigt. Guckte in die Gegend. Tat so, als würde es Pizza nirgends

geben. Auf der ganzen Welt nicht.
„Ich soll schuld sein? Immer ich",
schimpfte er hinter den Autos her.
„Laß mich mal probieren und versteck dich",
sagte Pizza.
Jetzt stand sie am Straßenrand und winkte.
Oskar lag im breiten Straßengraben.
Ein Auto hielt. Endlich.
„Ich möchte nach Afrika", sagte Pizza.
„Fahren Sie hin? Mein Freund . . ."
Bevor sie weiterreden konnte, tauchte der
kleine Elefant aus dem Straßengraben auf.
„Ihr Freund, das bin nämlich ich", sagte er.
Zog freundlich seine Mütze. Tat harmlos.
„Bin ja kein Sattelschlepper", schimpfte der
Mann trotzdem und fuhr los. Ohne die beiden.
„Und ich bin kein Sattel, sondern
ein kleiner verkleideter Elefant",
trompetete Oskar hinterher.

Schließlich hielt ein Lastwagen. Der Fahrer mochte Elefanten sehr gerne. „Kommt mit", sagte er. „Ich fahr nach Wirpshausen. Das ist nicht Afrika. Aber es liegt schon ein Stück südlicher als diese Gegend hier."
Dann fuhren sie los. Oskar auf der Ladefläche. Pizza neben Oskar. „Schön", sagte er und sah sich eine Zeitlang die Gegend an.
Der kleine Elefant lehnte sich ein bißchen an Pizza. Ganz wenig nur. Da waren sie schon in Wirpshausen. „Hier muß ich rechtsrum", sagte der Fahrer. „Ihr müßt links weiter."
„Danke", sagten Pizza und Oskar. Standen nebeneinander und sahen dem Laster nach.

## Wie Pizza und Oskar Afrika gefunden haben

‚Wirpshausen' stand auf dem Schild.
Hinter dem Schild standen viele Häuser.
Eine ganze Stadt voll.
Da kam ein Mann. Er sagte ziemlich streng:
„Um diese Zeit gehört ein Mädchen
in deinem Alter in die Schule."
„Ich will aber erst nach Afrika",
antwortete Pizza.
„Ich auch", sagte Oskar. Er stampfte mit dem
Bein auf. Ärgerte sich, daß der Mann
ihn gar nicht beachtete.
„Ruhe!" sagte der Mann. „Erst die Arbeit.
Dann das Vergnügen. Erstmal Schule.
Dann Afrika." Er zeigte auf ein großes Haus.
„Das ist die Schule."

„Na gut", sagte Oskar. „Ich wollte schon immer mal in eine Schule. Gehen wir."
„Gehen wir", sagte auch Pizza.
Der strenge Mann sah ihnen nach. Irgendwas stimmt da nicht, dachte er. Dann fiel es ihm ein. Der hat gesprochen, der Elefant.
„Starkes Stück", rief er.
Der kleine, mit Mütze verkleidete Elefant und das Mädchen gingen über den Schulhof.
„Nicht so laut", flüsterte Pizza
im langen Flur der Schule. Oskars Schritte dröhnten nämlich mächtig. Deswegen
ging er fast auf Zehenspitzen.
„Wohin müssen wir?" wollte er wissen.
„Weiß nicht. Fragen wir den Rektor."
An einer Tür stand ‚Rektor'. Pizza klopfte.
„Herein", sagte eine Stimme.
„Guten Tag", grüßte Oskar und stand in der Tür. Pizza neben ihm. „Mein Name ist Oskar. Das ist Pizza." Der Rektor sagte nichts.
Saß im Sessel und guckte, als würde er träumen. Oskar ging auf ihn zu. Stubste ihn einfach mit dem Rüssel an die Schulter.

„He", sagte er. „Ich bin wirklich ein Elefant, mein Herr. Können Sie glauben. Starren Sie nicht so. Noch nie einen Elefanten gesehen?"
Der Mann saß genauso wie vorher.
„E...l...e...f...a...n...d", buchstabierte Oskar.
„Mit ‚t'", sagte der Rektor plötzlich ganz lebendig. „Elefant schreibt man mit ‚t'."
Pizza nickte. Oskar auch.
„Wer das nicht weiß, muß in die Schule", meinte der Rektor.
„Will ich ja", sagte Oskar. „Ich weiß auch nicht, daß man Pizza mit zwei z schreibt. Daß 2 x 2 = 4 ist, weiß ich genausowenig. Bin aber klein . . . kann noch was lernen. Also, dürfen wir zu Ihnen in die Schule?"
„Zur Probe", sagte der Rektor. „Hier gibt's aber keine Elefantenklasse."
„Macht nix", meinte Oskar.
„Und nicht so doll den Rüssel schlenkern, Herr Elefant", mahnte der Rektor noch. „Damit keiner umgeschlenkert wird."
Sie sollten in die Klasse 2b. Nebeneinander standen sie in der offenen Tür. Pizza und Oskar.

In der Klasse war es still.
„Der Rektor schickt uns zu Ihnen",
sagte Pizza zur Lehrerin.
„Zur Probe."
Oskar nickte und zog die Mütze. „Guten Tag",
sagte er. „Ich bin wirklich ein Elefant. Und
nicht zu lange wundern. Wir haben nämlich
noch einiges vor."
„Nehmt Platz", sagte die Lehrerin.
Sie lächelte Oskar und Pizza unsicher an.
Nett, dachte Oskar.
Da gingen der kleine, mit der Mütze verkleidete
Elefant und Pizza zur letzten Bank.
Oskar setzte sich auf vier Stühle.
Pizza auf einen. Alle sahen zu ihnen.
„Ich glaube, wir können jetzt erstmal
nicht mehr mit dem Rechnen weitermachen",
sagte die Lehrerin. „Es ist was
dazwischengekommen."
„Schade, daß nicht jeden Tag
ein kleiner Elefant dazwischenkommt",
sagte ein Mädchen zum anderen.
Oskar stand auf.

Er erzählte:
„Eigentlich wollen wir nämlich nach Afrika.
Pizza, meine Freundin . . ." – „Das bin ich",
sagte Pizza. „Und Oskar. Das bin ich.
Wir machen hier nur einen kleinen Umweg."
Jetzt habe ich also Elefanten im Unterricht,
dachte die Lehrerin. Warum nicht, wenn's der
Rektor erlaubt. Sie freute sich sogar ein wenig.
Endlich passierte mal was anderes.
Und die Kinder freuten sich sowieso.
Die Lehrerin zeigte auf die Landkarte.
„Dahin wollt ihr", sagte sie
zu Pizza und Oskar. „Das ist Afrika."
Da rannte Oskar zu ihr. „So sieht das aus",
sagte er. „Endlich sehe ich's. Von dort kommen
meine Eltern. Pizza . . . hier . . . Afrika. Das ist
es . . . Afrika, Afrika . . ." trompetete er laut.
„Verzeihung", sagte er dann.
„Macht nichts", sagte die Lehrerin.
Pizza stand neben Oskar. „Und von dort
kommen die Löwen und Elefanten und
Krokodile", sagte Pizza. „Seid mal leise,
vielleicht hört man sie."

Aber man hörte nichts.
Die Lehrerin erzählte:
„Natürlich gibt's da noch viel mehr.
Schwarze Menschen, Dörfer, aber auch Städte
mit Fabriken und Steppen und Wüsten.
Kokosnüsse wachsen in Afrika und Bananen.
Afrika besteht aus vielen verschiedenen Ländern,
ist ein Erdteil . . ."
Alle setzten sich in einen Kreis.
Die Lehrerin erzählte viel von Afrika.
Oskars große Ohren wurden
vom Zuhören immer größer.
„Toll, was die weiß", sagte er.
Pizza nickte.
Dann wurden Oskar und Pizza ausgefragt.
Wo kommt ihr her?
Warum kann der Elefant sprechen?
Wie ist das im Zoo?
Warum wollt ihr nach Afrika?
Pizza und Oskar erzählten, bis es klingelte.

Die Pause begann. Aber die Kinder fanden es
in der Klasse viel interessanter und blieben.

Erst spät gingen Pizza und Oskar aus der Schule. „Wir kommen mal wieder", versprach Oskar.
„Machen wir", sagte Pizza. Die Kinder aus der Klasse 2b, die Lehrerin und auch der Rektor winkten hinter ihnen her.
„Eine nette Lehrerin", sagte Oskar.
„Wenn ich nicht dich als beste Freundin hätte, könnte sie's sein."
„Hast aber mich", sagte Pizza. Sie lächelte Oskar an. Und er lächelte zurück.

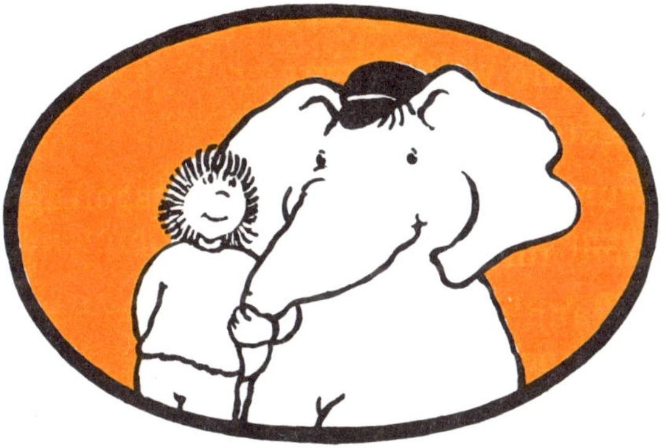

# Wie Pizza und Oskar nach Hause gekommen sind

„Du", sagte Pizza. „Es war richtig schön, Afrika mit dir zu suchen.
Ein bißchen haben wir's ja auch gefunden."
„Ich kann's mir jetzt viel besser vorstellen", freute sich Oskar. Er kniff die Augen zu und sagte: „So seh ich es deutlich vor mir. Afrika . . ." Dann guckte er auf eine Kirchturmuhr und sagte: „O je, Donnerstag . . . schon ein Uhr. Ich muß in den Zoo zurück."
„Und ich nach Hause", sagte Pizza. „Also los."
Da gingen sie nach Hause. Oskar, der kleine verkleidete Elefant mit Mütze und Pizza.
Einmal fuhren sie ein großes Stück mit einem Laster. Jetzt waren sie fast zu Hause. Zu Fuß kamen sie dann ganz nach Hause.

Sie standen vor der Haustür.
„Ich geh schnell hoch", sagte Pizza.
„Ich warte. Wenn deine Eltern schimpfen, helf ich dir", sagte der kleine Elefant.
Gleich darauf kam Pizza schon zurück.
„War ganz einfach", erklärte sie. „Alle saßen sie wieder vor dem Fernsehapparat.
Meine zwei Brüder, zwei Schwestern und die Eltern. Bei einer so großen Familie fällt's nicht auf, wenn mal einer fehlt. Ich wollte ihnen erzählen, wo wir waren. Psst, haben sie gesagt.
Der Film ist gerade sehr spannend. Ich bring dann meinen Elefantenfreund in den Zoo zurück, Mama, hab ich gesagt. Mach das, und bleib nicht so lange, hat sie gesagt."
Pizza brachte Oskar deswegen auch noch zum Zoo. Vor dem Eingang verabschiedeten sie sich voneinander. „Tschüs", sagte Pizza zu ihrem Freund Oskar.
„Mach's gut", sagte Oskar zu seiner Freundin Pizza. „Komm bald wieder."
„Bestimmt", sagte Pizza. „Dann suchen wir Afrika nochmal und finden's ganz richtig."

„Machen wir", sagte Oskar. Ganz unschuldig und versteckt unter seiner Mütze ging der kleine Elefant am Mann im Kassenhäuschen vorbei. Pfiff ein bißchen. Tat harmlos.
„Zoobesucher brauchen eine Eintrittskarte", sagte der Mann.
„Ich gehöre hier dazu", erklärte Oskar.
„Das ist dann was anderes", sagte der Mann an der Kasse. „Gehen Sie durch."
Und Oskar ging pfeifend zum Elefantenhaus.
Drehte sich dabei um
und winkte Pizza mit dem Rüssel.
Immer wieder.